# 더 그리워지다

하은혜 시집

시음사
시사랑음악사랑

# 봄비처럼 감미롭고 가을바람처럼
## 시원함을 그리는 시인 하은혜

글은 마음의 서정을 언어로 그림을 그린 것이고, 그림
은 눈에 담긴 서정을 붓으로 그려내는 것이다.

하은혜 시인은 이 두 가지 능력을 모두 갖추어 시를 언
어의 그림으로 묘사하여 한 편의 수채화를 보는 것처
럼 단아하고 소박한 서정으로 지친 삶을 위로해 주고
바쁜 일상에서 잠시 빠져나와 숨을 돌리게 하는 여유
를 준다.

화려한 기교로 다듬어진 글은 보기에는 좋아도 정작 마
음에는 닿지 않아 무미건조한 콘크리트 건물과 같아서
읽고 나서도 기억되고 남는 것이 없지만 하은혜 시인이
마음으로 우려내는 소리의 글을 따라가다 보면 저절로
마음이 편안해지면서 지나간 날에 대한 회억(回憶)을
통하여 다가올 날에 대한 용기를 얻게 된다.

코로나-19로 힘들고 지친 심신에 하은혜 시인의 "더 그리워지다"는 라일락 향기로 다가와 그동안의 고난과 고생을 말끔히 씻어주고 위로해 준다.

어딘가 기대고 싶고 누군가에게 위로받고 싶은 날 하은혜 시인의 시집 "더 그리워지다"를 만나면 시인의 따스한 숨결에 마음이 푸근해지고 용기가 솟지 않을까 하여 독자에게 기쁜 마음으로 추천하면서 일독을 권한다.

(사)창작문학예술인협의회 부이사장 김혜정

## 시인의 말

태어날 때 고물거리던 시들을
묵혔다가 열어보니
천차만별이다

발효가 아직 덜된 그들을
하나씩 꺼내어
되새김질을 해본다

토씨 하나를 바꿔도
전체가 반응하는 아이가 있는가 하면

전체를 바꿔도
별 반응이 없는 아이가 있다

잘 추려서
알곡은 곳간에 들이고
낱알은 거름으로 묵혀본다 / '토씨 하나에도'의 전문

'더 그리워지다'가 독자들에게 쉴만한 그리움과
섭리하심의 쉼터가 되길 소망합니다
감사합니다

2022년 9월 **하은혜**

\* 목차

# 1부 / 그 집

## 2부 / 겨울 국화

\* 목차

# 3부 / 날 것

# 4부 / 누구시길래

\* 목차

## 5부 / 나목(裸木)의 시간

QR코드 스마트폰으로 QR 코드를 스캔하면
시낭송을 감상할 수 있습니다

본문
시낭송
감상하기

 제목 : 그 집
시낭송 : 임숙희

제목 : 집시 여인
시낭송 : 임숙희

 제목 : 어머니
시낭송 : 김지원

 제목 : 겨울 국화
시낭송 : 임숙희

 제목 : 비의 탱고
시낭송 : 조한직

 제목 : 장미
시낭송 : 임숙희

 제목 : 사월
시낭송 : 임숙희

 제목 : 나목의 시간
시낭송 : 임숙희

시인은 자연을 이야기하고 시낭송가는 자연을 품었다
글자는 날개를 달아 언어로 날고 소리는 자연에 눕는다

# 1부 / 그 집

그 집은 오늘도
긴 그리움을 안고
긴 기다림을 안고 그렇게 서 있네

# 밥을 지으며

초록의 집이 한바탕 출렁한다
맞은편 집에서 감지되는 변화이다
그 집의 새 입주민이 입주 중인가 보다

내일도 그 집은 관찰 대상이다
반짝이는 나뭇잎의 채도라든지
굴절되는 햇살의 각도라든지
그 집 위로 펼쳐지는 하늘의 명암이라든지

밥을 지으며
내다보는 창밖 풍경의 변화는
일상의 소소한 기쁨이다

# 그 집

큰 산머리로부터 어둠이 내려와
서서히 그 어둠 속으로 스미는
산 아래의 집

너는 바람결에 나그네 되어
세상으로 떠나갔지만
그 집은 너를 기다리네

언젠가 돌아와 들려줄
너의 이야기를 기다리네

세상이 너에게 귀 기울이지 않을 때
큰 산머리로부터 어둠이 내려와
그 집이 어둠 속으로 스밀 때
너는 그 집으로 돌아가리!

그 집은 오늘도
긴 그리움을 안고
긴 기다림을 안고 그렇게 서 있네

시작노트 / 북해도의 어느 산골 마을에서

제목 : 그 집
시낭송 : 임숙희
스마트폰으로 QR 코드를 스캔
시낭송을 감상할 수 있습니다

14

# 별

그날 밤 별은 빛나고 있었던가
론 강*가를 따라 걷는다

별은 고흐의 가슴에서
아름답게 빛났으리라

영영 사랑
영영 이별이듯
별은 기별도 없이
강물 속에 부서져 내리며
그의 가슴에 부서져 내리고
내 가슴에 부서져 내리고

아픔은 그의 화폭*으로 다시 떠올라
더 아름답게 빛난다

론 강의 물은 무심히 흘러가는데...
상념이 발끝에 채이며
나그네의 가슴에 별이 되어 떠오른다

* 론 강 : 프랑스 아를 지방에 흐르는 강
* 화폭 : 별이 빛나는 밤에

15

# 밀밭

간간이 바람이 밀 잎사귀를
흔들고 지나갈 뿐

마을* 어귀를 돌아들면
그 뒤편에 나지막이 누워 있는 언덕으로
드넓게 펼쳐지는 밀밭

그 위를 날으는 한 떼의 까마귀조차
그림의 한 부분인 듯 소리 없이 날고 있다

그때 '뚜우...'하고 들려오는
시골 기차의 기적 소리

화들짝 놀란 까마귀 떼는
비로소 현실로 돌아왔는지
날개를 휘몰아 '푸드덕' 날아가 버리고

자칫 놓칠 수도 있었을 텐데
자칫 일상의 풍광이라고
치부해 버릴 수도 있었을 텐데

그 미세한 변화를 포착하여
화폭*에 옮기다니!

간간이 바람이 지나갈 뿐
다시 밀밭은 고요 속에 적막하다


\* 마을 : 프랑스의 오베르 쉬즈 우아즈
\* 화폭 : 고흐의 까마귀가 나는 밀밭

# 빅뱅

앙큼한 우리 집 강아지
'살랑살랑'
꼬리를 흔들며 어딜 가나 했더니
노오란 꽃무리 속으로 숨어든다

가만히 보니
민들레 홀씨 하나를
냉큼 베어 물더니

그 작은 우주를 한입에 꿀꺽 삼켜 버리고는
냅다 달음질치기 시작한다

어느새
순백의 꽃가루들이 '빙그르르' 날아오르고
강아지도 그리 날아오르고
나도 덩달아 날아오르고

아!
이 민들레는 얼마나 더 노랗게 피어날 것인지
이 우주는 얼마나 더 팽창할 것인지...

# 공존

도도한 회색의 도시 위로
온통 순백의 반전을 이룬
겨울 아침

명랑하게
함박웃음을 터트린
나목 가지의 눈꽃들

그 사이에서
강아지 꼬리처럼
살포시 눈웃음 짓는
목련의 꽃눈!

한겨울의 절정 속에서
봄은 이렇게 자리를 잡고 있다

# 집시 여인

한 줌의 석양 빛이 아쉬운 겨울날의 해거름
도심 광장의 한쪽 모퉁이에는
그녀가 살고 있다

색색의 패를 쥐고
스치는 사람들의 운명을 가늠하는 그녀

오늘이 답답하고
내일이 모호한 지친 걸음을 옮겨
잠시 들러 볼까?

휴대용 엘이디 불빛에 흔들리는
갸름한 그녀의 옆얼굴을 넌지시 가늠해 본다

그녀는 나와 맞는 인연일까?
어떤 운명의 패를 가지고
'두런두런' 속내를 나눌 수 있을까?

그녀의 곁을 집시처럼 서성이는 나!
날은 어느새 어둑어둑해져 오고

제목 : 집시 여인
시낭송 : 임숙희
스마트폰으로 QR 코드를 스캔하면
시낭송을 감상할 수 있습니다

# 물의 도시

피사의 사탑을 닮아
이 도시*는
건물도 사람도 비스듬히 서고 걷는다

골목의 물길마다
'산타루치아'가 물 위에 반짝이는 햇살처럼 울려 퍼지고

바람이 흐르는 대로
구름이 흐르는 대로
도시는 그렇게 흐른다

이곳은
지상의 존재가 아니라

압도해 오는
한 폭의 거대한 풍경화이다


* 베네치아

# 북쪽의 길

여기는
신을 벗어야 하는 경계선

압도해 오는 장관 앞에
재잘거리던 입을 조용히 다물 수밖에

현재를 갈구하는 남쪽이 인간의 영역이면
영원을 섭리하는 북쪽은 창조주의 영역

여학교 때 책상 위에 놓였던 사회 교과서에 이렇게 쓰여 있었다
'피오르식 해안'
북극 빙하에 의해 깎여서 나간 해안 절벽이란 설명과 함께
나는 그때부터 그리워하였으리라
영원의 고향인 이곳을

이곳은 짙푸른 빙하 호수를 시작으로 나그네를
맞이한다
동계 올림픽이 열린 릴레함메르를 시작으로

북쪽의 길이란

노르웨이 안으로 들어서서

나는 세상의 신을 벗는다

태곳적 숨결이 살아 숨 쉬는 피오르의 장관 앞에서


지상과 천상을 연결하는

무지개가 영롱히 피어오르는

피오르의 절정인 이 폭포* 앞에서


무슨 설명이 더 필요하랴!

백문이 불여일견이란 옛말처럼


* 노르웨이의 칠선녀 폭포

# 기도

'흠칫' 놀랐다
창밖에 흩날리는 눈발...
아직은 시월인데 말이다

지금 내 옆에는
세상의 즐거움에서
인생의 허무함에서 돌아온 한 사람이
고개 숙여 기도하고 있다

그의 눈에 가득 고여오는
뜨거운 눈물

눈발은 굵어지고
함박눈 되어
창밖 가득히 내리고 있다

그에게
축복이 내리고 있다

# 어머니

그간의 이야기를 다 말할 수는 없지만
언제부터인가
어머니와 나는 역할이 바뀌어 버렸다

분명, 나는 어머니의 딸인데
어느 사이
어머니의 엄마가 되어
굽어진 세월을 되짚고 있었다

내 울음이 커가는 만큼
작아져 가던 어머니의 주름진 웃음

되짚어 보아도
먹먹해지는 기억 앞에
어머니를 가만히 불러 본다

"어머니
부디 그 나라에서는 더 행복하세요"

* 대한문인협회 금주의 시 선정

제목 : 어머니
시낭송 : 김지원
스마트폰으로 QR 코드를 스캔하면
시낭송을 감상할 수 있습니다

# 휴일 아침의 풍경

방마다 마법에 걸려
손끝 하나의 미동도 없다

그 고요 사이로 들려오는

생각의 키가
상상의 키가
'쑥쑥' 커가는 소리

어느새
방문 틈을 비집고 나와

거실 가득 자라 오르고 있다

# 모과나무 아래서

울퉁불퉁
흔들흔들하더니


그 사이로
'포로롱' 날아오르는
참새 한 마리


고물거리는 발가락으로
노란 모과를 딛고
우뚝 섰다


순간!


'뚝'
허무하게 떨어져 내리는
모과 하나


여린 참새의 존재감에
경탄하는 가을날의 오후이다

# 동과 서의 경계에 서다


그 겨울 바다의 거센 바람은
자신의 영역을 호락호락 허락하지
않겠다는 듯

선상 끝에 선 나그네의 머릿결을
사정없이 흩날려 버리는데

해 지는 땅의 시작인 곳은
성소피아 성당이 지나간 영화에 젖어 있고

해 뜨는 땅의 시작인 곳은
이스탄불 시민들의 일상으로 분주하다

동과 서를 가르는 기다란 바다*!

그 위로 펼쳐지는 석양이
대제국*의 지난 영화를 들려주듯이
저녁 하늘을 압도하며 검붉게 펼쳐진다

* 바다 : 보스포러스 해협
* 대제국 : 오스만 투르크

# 라일락

찬바람의 여운이
채 가시지 않은 초 사월 아침에

무심결처럼 만나는 그녀

가녀린 몸매에
수줍게 미소 지을 때면

여학교 때 그녀처럼
살포시 패는 볼우물 입가에
퍼지던 새침한 향기

라일락꽃을 좋아한다며
미소 짓던 연보랏빛 그녀가

사뭇
그리워지는 날이다

# 아픈 손가락

달 수가 다 차서
아이 낳을 날만 남았다

잘났건 못났건
낳아야 하는데

다듬어진 아이는
반짝이는 날개를 달아주고

그렇지 못한
품 안의 아이는

낳아야 할지 어떨지
난처한 노릇이다

품 안에 있는 아픈 손가락에게
자꾸 눈길이 간다
마음이 쓰인다

# 향수

낮게 드리운 연한 잿빛의 광활한 하늘
거칠 것 없이 펼쳐지는 연초록의 초원

그 건너편의 돌담집*에는 수선화가
그리움처럼 노랗게 피었다
그 집으로 가는 초원 모퉁이길에서
버스가 흙먼지를 날리며 돌아서 나가고

나 어릴 적 고향길에서도
버스는 저리 돌아서 나갔었는데
그 건너편의 언덕에는
노란 들국화 흐드러졌었지

눈물 가득 그리워지는 너를
이역만리 글라스미어의 수선화 앞에서
재회하다니!

* 도브 코티지

시작노트 / 윌리엄 워즈워드의 고향 글라스미어에서

# 붉은 그리움

알람브라 궁전 창 너머의 알바이신 지구
붉게 물들어가는 겨울 석양 빛에 애잔하다

이제 그곳에 어둠이 내리면
한 송이의 붉은 꽃,
플라멩코 무희가 춤을 추리

무대는 수수하다 못해 비좁다
무희의 징 박힌 구두의 현란한 스텝은
통곡하듯이 울부짖는데

뚝! 뜨거운 땀방울이 떨어진다
그녀의 집중하는 동그란 이마에서

뚝! 아픈 눈물방울이 떨어진다
그녀의 슬픔 어린 짙은 눈가에서

그녀의 아픈 가슴만큼이나

아프게 패여 가는

무대는 또 그렇게 얼룩져 가고


어느새 그녀에게서는

지브롤터 해협 건너의 떠나온 고향*을 향한

그리움이 붉게 피어오른다


* 북아프리카

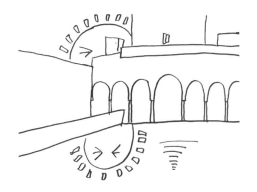

# 비아 살라리아(소금 길)

중세에 소금을 실어 날랐다는 이 길

하얀 뭉게구름이 걸려 있던
내 고향의 미루나무를 닮은
키가 길쭉한 사이프러스 나무의 행렬이
끝없이 이어지고…

대기가 어찌나 맑은지
연둣빛 파스텔톤 풍광이 어찌나 아름다운지
금방이라도 향기가 '뚝'하고 터져서
사방으로 퍼질 것 같다

그 속에서 모든 사물체들이
투명하게 굴절되어 나오는 듯하여
재해석 되어 나오는 듯하여
문득 모나리자가 떠오르며

왜 이 길 건너의 작은 시골 동네에서
르네상스의 거장*이 태어났는지에
절로 고개가 끄덕여진다

* 레오나르도 다빈치

# 사월에 내린 눈

봄으로
가득해 가던 어느 날

하얗게 눈이 내렸다

쉿!

꽃잎이 날릴까 봐
조용히 걷는다

벚꽃의 절정이다

## 2부 / 겨울 국화

그 추억은
삶을 지탱하는 지렛대가 되었고
선명한 빛깔이 되어 허리를 곧추세운다

# 침묵

무슨 많은 말이 필요한가
말을 닫고 있으면

오롯이
가슴속 가득 수많은 꽃이
환히 피어나는 것을

무슨 많은 꽃이 필요한가
꽃을 닫고 있으면

저리도
하늘 속 가득 수많은 열매가
알알이 영글어 가는 것을

무슨 많은 열매가 필요한가
열매를 닫고 있으면

이렇게
가슴속 가득 수많은 밀어가
아름다운 시어 되어 속삭이는 것을

# 겨울 국화

유난히 겨울이 일찍 찾아왔던 그해
여학교 교정에서
첫서리를 맞고 서 있던 너

흰 서리를 이고도
서늘함을 품고도

마지막 한 줌의 보석 가루를 뿌려 놓은 듯
영롱하던 초겨울 햇살에
외려
더 노랗게 피어나던 너의 미소!

그 추억은
삶을 지탱하는 지렛대가 되었고
선명한 빛깔이 되어 허리를 곧추세운다

오늘도 내 마음은 그 시절을 찾아 나선다
너의 그 미소를 찾아서

제목 : 겨울 국화
시낭송 : 임숙희
스마트폰으로 QR 코드를 스캔하면
시낭송을 감상할 수 있습니다

38

# 작은 것들

센 태풍 링링*이 오고 있다
웬만한 나뭇가지는 '뚝뚝' 부러져 나가고
창문도 '덜컹덜컹' 비명을 지르고
나갔던 발걸음도 급히 귀가 중이다

종종걸음으로 아파트 출입문을 열다가
문득 눈에 들어온 꽃밭

작은 비비추 꽃잎이
거센 비바람에 유영하듯 흔들리는데
가만히 보니
가녀린 꽃술은 부러지거나 떨어지지 않고
그대로이다

오히려 작은 꽃들은
태풍의 비바람 속에서 더 춤추며
더 피어오르는 듯하다

위기 속에서 크다고 강하고
작다고 약한 것은 아닌가 보다

* 2019년 발생한 태풍으로 홍콩에서 지은 이름

# 달빛

그해 겨울 늦은 오후에 찾은 이 도시는
해자(垓子)같은 타호 강을 건너니
마침내 시간이 멈춘 듯한 제 속살을 보여준다

길가의 개들도 '느릿느릿' 걷고
강변을 따라 늘어선 성벽도 선 채로
'꾸벅꾸벅' 졸고 있다

그새, 닮아가는지
우리 일행도 그렇게 꿈꾸듯 걸으며

구시가지 골목길로 구불구불 가서
대성당의 오르가스 백작을 만나고 돌아오는 길에
날은 어두워지고

멀리서 크리스마스 트리가
환하게 점등이 된다

어둑해진 성벽 길을 따라 걸으며
김 선생님의 설명은 계속 이어진다
"이 성벽은 로마인 서고트인 무어인의 손길로
이어졌으니…"

어느덧 우리를 따라오던 달빛 하나가
살포시 어깨에 내려앉아 하얗게 졸고 있다

마치 지난 시절
고향집 골목길에 연이어진 담벼락을
달빛에 의지하여 걸어갈 때처럼

시작 노트 / 어느 해 겨울 스페인의 고도 톨레도에서

41

# 겨울 장미

그녀는 흔들린다

모두가 떠났는데도
아랑곳 않고
붉게 타오르면서

더 높이 흔들리며
가냘픈 듯 가냘프지 않다

왜 떠나지 못하는 걸까?
왜 집착을 버리지 못하는 걸까?

다음 생을 관통하고픈
그녀에게서

문득
겨울 장미를 본다

# 비현실적인

하늘에 닿고 싶어 까치 발을 높게 치켜든
성당의 첨탑
에메랄드빛의 속내를 간직한
잔잔하고 드넓은 호수

그 위로 안데르센의 동화처럼
'둥둥' 떠 있는 몇 마리의 하얀 오리가
비현실적인 구도로 다가왔다

호수 기슭의
나무로 지어져 족히 몇백 년은 된 듯한
잘 손때 묻은 집들의 창가는
온통 제라늄 꽃들로 점령된 붉은 꽃밭

일 만여 년 전부터
인간의 발길이 닿았다는 태곳적의 이 호수에
서서히 저녁 물안개가 피어오르며
비현실적인 구도가 깊어져 간다
바라보는 나그네의 가슴에도
그 구도의 그리움이 더 깊어져 간다

시작노트 / 오스트리아의 할슈타트에서

43

# 홀씨 날다

아스라이 날아오르는가!
이 매서운 칼바람의 등에 업히어

코끝마저 '쨍'하니 시린 겨울 한낮에
홀연히 날아오르는 홀씨 하나

바람이 사나워도
바람이 심술을 부려도

네가 원하는 곳으로
네가 의지하는 곳으로
한번 둥실 날아오르렴

그런데 몇 걸음 날더니
힘도 못 써 보고
'휘청'
불시착이다
차가운 시멘트 바닥의 갈라진 틈에

이제 너는 그곳에 뿌리를 내리고
어떤 봄을 꿈 꿀 것인가?

# 한고비

봄을 부르는 단비가
내리는가 싶더니

봄을 시샘하는 눈발이
밤새 흩날리고 있다

이 한고비만 넘기자!

밤이 깊을수록
새벽이 가까웠다는 말처럼

이 눈이 그치면
봄은 더 가까워졌으리라

흩날리는 눈이
어깨에도 마음에도
하얗게 쌓여 가지만
'이 또한 지나가리라'

'툭툭'
쌓인 눈을 털어낸다

# 코스모스

이 꽃내음은
어디서 휘몰아 오는 걸까?
진한 꽃내음이 가슴속 깊이 스민다

쪽빛 하늘 사이로 어리는
진분홍과 흰색 보랏빛 코스모스의 향연

너에게 취한 가슴은
아련하면서도 아찔하다

이렇듯
해마다 내 가슴속에 뿌리내리는 너

여리지만
강렬한 추억으로 다가오는
그리움이여!

# 지극히 화려한 꽃

세계 최고라는 화려한 무대
쏟아지는 박수갈채
평론가들의 예리한 분석의 눈길
하늘을 찌르는 배우들의 열정이
터질 듯 부풀어 오른 자본주의의 꽃!

언제 터져버릴지 보는 내내 조마조마하다

앵콜 연호 속에 무대의 조명 꺼지고
공연장 뒷문으로 빠져나오니 어느덧 새벽

그때에 지극히 화려하게 부풀었던 꽃은
터지고 말았다

컴컴한 어둠 속
공연장 뒤편의 쓰레기통에서 먹이를 찾는
길고양이의 애처로운 눈빛
화려함 뒤에 숨겨진 어두운 민낯

마치 동전의 양면처럼
강렬한 빛과 어둠이 공존하는 곳
'브로드웨이'

# 비룡 폭포

불가마 더위를 이고
시원한 폭포에서 산다는
그가 보고 싶어 비룡 폭포로 향한다

이끼가 배어 나오는
전설 같은 긴 숲길을 지나고

호락호락 자신의 영역을 허락하지 않겠다는 듯
가파르게 이어지는 산길을
오르고 또 오른다

다리는 풀리고 눈길마저 아득해져 가는데
드디어 보이기 시작하는 저것은
용! 은근 긴장하여 살펴보니

시원스레 물보라의 비늘을 흩날리며
갈퀴를 곧추세우고
한바탕 세상을 호령하는 용트림을 한다
곧 승천이라도 할 듯

다음 여름에는 나도 한번
용이 되어 이 폭포에서 살고 싶다

# 세비야의 아침

세비야의 아침은
과달키비르 강에서 피어오르는
물안개로 시작한다

그 사이로 어리는 햇살은
길가의 오렌지 나무를
세관의 황금돔을
금빛으로 휘감아
콜럼버스와 이사벨 여왕의 영화를
떠오르게 한다

마치 그들이
이 강변 가득 반짝이는 황금물결에 대하여
이야기를 나누듯이

금빛 반짝이는 햇살은
살포시 내 어깨를 휘감아 내려앉더니
속삭인다

"여기가 그 옛날 신대륙의 출발지였다고
다시 한번 신대륙의 닻을 올려보자"고

# 결별

지난밤의 장대비는 아침에 나가 보니
여러 결별의 흔적을 남기고도
시치미를 뚝 떼고 있다

물가에서 무성하게 치솟던 갈대가
휘청하다 누워 버렸고

물 가운데 퇴적된 모래톱에서 자라던
키 작은 나무도 휘청하다 누워 버렸다

고만고만하던 숲이 휘청하다 누워 버리자
그 속에서 둥지를 틀던 새들도 그대로 드러난다

하루아침에 이재민이 된 새들은
누워 버린 제 둥지 위에 앉아
젖은 날개 죽지를 말리고 있다

실은 지난밤 내내 장대 빗소리에
휘청하던 나도
고만고만한 둥지들과 결별을 하였다

그 사실을 시치미 뚝 떼고
결별의 낮은 모습이 드러난 물가를
바라보며

나의 젖은 마음은 어디서 말려야 할지를
가늠해 본다

# 뉴스

아침부터 여기저기에 펼쳐지는
분주한 행렬들

인간들이 펼쳐놓은 그 미로를 따라

계속 다음을 클릭하거나
종료하고 나가기를 하거나

그 속에서 나무를 하나하나 따져 보거나
한걸음 벗어나 숲을 보거나

나무를 세어 보다가 미로 속에 갇혀 버리거나
숲을 보다가 상대의 심장을 간파해 버리거나

악마는 디테일 속에 있다는 말을
매일 실감하는 아침이다

# 공감

사리 분별이 분명한
그녀는

예전의 일도
허투루 넘어가는 법이 없다

옳고 그름의 매듭이
분명한 그녀의 말 앞에

은근히 긴장을 하는데

그녀의 생각의 줄자가 길어지고
여기저기에서
걸려 넘어지는 소리가 아프다

말은 옳은데
왜 우리는 고통스러운가!

# 흔들리고 싶다

세상이 바뀌는 데는
하룻밤이면 되나 보다

지난밤에
무슨 일이 있었길래

어제의 찬바람은
작별의 인사도 없이 떠나가 버리고
눈앞 가득히 쏟아져 내리는 햇살의
눈부심이여!

달리는 버스 안에서
지그시 눈 감으며

엘이디 불빛이 가득한 책방으로 가려던
발길을 돌려
봄빛이 가득한 거리에 선다
광장에 선다

마침 불어오는 봄바람의 손을 잡고
함께 흔들리고 싶다

# 비의 탱고

가슴속에 파문을 던지며
떨어지는 빗물 위로
네온사인의 유혹이 화려하게
파문 져 나간다

그 사이를 오가는 여인들의 발길이
형형색색의 페디큐어로
화려하게 반짝이는데

그녀는 빗물처럼 울고 있구나
비열한 도시의 사랑 앞에서

도대체 이 비는
언제쯤 그칠 것인지
잔잔한 가슴에 파문이 일 때

빗속에서 일어나
조용히
그녀의 긴 여정으로 발길을 돌린다
아, 그때 들려 오는 '비의 탱고'여!

제목 : 비의 탱고
시낭송 : 조한직
스마트폰으로 QR 코드를 스캔하면
시낭송을 감상할 수 있습니다

* 대한문인협회 금주의 시 선정

# 잠들고 싶다

북풍이 점령한 겨울 거리에
어둠이 내리면

나목은 형형색색의
화려한 꽃으로 피어난다

재잘재잘거리며
반짝이는 눈부신 변신을 한다

그러나 나목은 잠들고 싶다
밤이란 시간 앞에서
겨울이란 계절 앞에서

따뜻한 옷 한 벌은 못 입혀줄망정
눈이 부신 불빛으로
화려한 불빛으로

나목의 겨울잠을 강탈한
인간의 이기심에
쓸쓸한 겨울밤이다

# 외로워져야 한다

시가 당기는 날
달달한 언어를 양념 삼아
찻잔에 털어 넣고 저어 마시며
웃음꽃을 만개시키기도 하였다

언어의 향연
언어의 유희라며
좋은 게 좋은 거라고

그러나 달콤함을 먹고 자란 것들이
대개 그러하듯
그것을 먹고 자란 시의 향기는
그리 오래가질 못하는 법

그녀가 가냘프게 외쳤다
어찌나 희미하던지
자칫 놓칠 수도 있었던 고백이었다
"나에게는 순수한 언어가 필요해
절대 고독의 자유를 위한"

이제 나는 그녀를 위하여
더 외로워져야 한다

# 아카시아꽃

'까르르…'
말똥이 굴러가도 웃음보가
터졌던 그 시절에

아카시아꽃도
우리를 따라서 하늘 가득
그렇게 웃고 있었다

그녀를 한입 베어 물면
입안 가득 싱그러이 퍼지던 향기
그 추억 속에
우리는 그 껌의 향기를
베어 물며 커 갔고

또다시 오월이 오면
추억의 한편에서
'새록새록' 피어나는 그녀가

그리움이 되어
가슴속 가득
하얗게 흩날리리라

# 3부 / 날 것

인간을 첨가하지 않은
생생히 입속 가득 돋아 오르는
날 것의 기도, 날 것의 시어들이 그리워진다

# 보리밭의 변신

오래전부터 아우성치고 있었어
미처 토해내지 못한 이야기들이
그걸 적당히 누르며 살아왔는데
결국 터지고 말았어

더 이상 누르고만 있을 수 없는
반전이 일어났거든
베로니테형* 화산이라고
제때 분출되지 못한 용암이
땅속에서 굳은 채로 지표를 뚫고 나온 거야

마치 가슴속에 갇혀 아우성치던 시어들이
참지 못하고 일제히 날아오르듯

사람들은 놀랬어
이런 경우는 극히 드물다고
세상에! 보리밭이 서서히 융기하더니
그 밑에서 화산이 솟아올랐다고

* 북해도 쇼와신산

# 날 것

이렇게 비가 오는 날에는
'훅'하고 올라오는
비린 듯 싱싱한 풀 내음이
가슴속 깊이 스민다

여름을 노래하는 은근해진 빗줄기에
풀들은 서로 부여안고 의지하여
숲을 이룰 듯 자라 오르고

문득, 인간을 첨가하지 않은
생생히 입속 가득 돋아 오르는
날 것의 기도
날 것의 시어들이 그리워진다

# 반지하 방

다세대 주택이 줄지어 있는
비좁은 골목길에
허름한 저녁 비가 부슬부슬 내립니다

달구어진 프라이팬에 빈대떡 부칠 때
퍼지는 기름 소리의 구슬픈 장단처럼

걷다 보니
땅과 아슬아슬하게 마주한 반지하의 창문에
행여 빗물이 흘러 들어갈까 하는
안쓰러운 마음이 발길에 채입니다

그때 작은 불빛이 새어 나오는 반지하 방에서
두런거리는 이야기 사이로
환한 웃음소리가 피어오르고
내 발길도 절로 한시름을 놓고

그 방 창가의 민들레도 노랗게 미소를 짓고
골목길에
즐거운 저녁 비가 내리기 시작합니다

# 봄이 오는 길목

어둑한 빗길을 뚫고
그녀가 오고 있다

버드나무 머릿결의
연둣빛 하늘거림

벚나무의 얼굴도
수줍어 온통 붉어지고

개나리도
노랑 병아리 걸음마 연습
'총총...' 한창이다

봄은
분주히
너에게로 오고 있다

# 가을의 끝에 서다

비는
늘 잇대어지는 계절을 부르곤 한다

가을의 골수를 가르던
간밤의 서늘했던 빗줄기들...

아침에 나가 보니
하늘은 온통 떠나가는 자의
비장함으로 가득하다

그 회색의 절정 아래에
서서

떠나가는 자의 고독을
온몸으로 함께 한다는 것이
이토록 가슴 저미게 아름다운지!

가만히 눈물을 훔쳐
가슴속에 고이 접어 넣는다

# 참나리 꽃

주근깨 송송 가득한 주황빛 얼굴에
초록의 새초롬한 몸매
수줍은 듯
고결한 듯
야생인 듯

신작로 돌아가는 산모롱이 중턱에서
파란 하늘을 이고 하늘거리던 너를
탄천변에서 만나다니
몇 년 만의 해후인가?

탄천을 오가며
부지런히 너를 사진에 담는다

지난날의 그리움이었던 너를
지금은 만지듯이 곁에 두고 관찰하는
호사를 누린다

어제보다 붉어진 네 얼굴에서
너에 대한
태양의 집중도를
나의 집중도를 가늠해 본다

# 그날에

싱그러운 오월의 바람결에
금빛 은빛 윤슬들이
연두 잎사귀 사이로 쏟아져 내려

'반짝반짝' 그물 치며
재잘대던 그날에

너는 무엇을 꿈꾸었나?
너는 무슨 시를 썼나?

미운 오리 새끼
백조의 꿈을 위해 견디던 시간들

여백을 채우는 푸른 하늘
그 너머의 바람 소리

그게 맑은 영혼의 노래란다
그게 시란다

# 밤으로의 산책

밤으로 걸어간다
검은 수면으로 걸어간다

낮에 보지 못한 나무가
그 수면 위로 자라나고

그녀의 머릿결은
더 깊게
더 푸르게 드리워져

하늘을 덮고
내 마음을 덮으며
하루의 수고를 내려놓으라 한다

# 커피의 반전

반전을 그리며 카페로 가는
늦가을의 저녁

낌새를 알아챘는지
거리는 또 다른 반전으로 가득하다

우산이 뒤집히고
하늘에는 스산한 어둠이 몰려오고

그래도 거리의 반전을 제압하며
커피에게로 가야 한다

진정한 반전을 그리는 그에게
입맞춤하자

머릿속에서
수만 개의 전구가 켜지고
가슴속에서
수많은 밀어가 피어오른다

# 폭우

'후끈' 달구어진 도심의 한낮에
일제히 소리를 내어 폭발해 내리는구나!
희뿌옇게 포말이 되어 쏟아져 내리는구나!

무심의 체증에 걸린 그녀는
제 목소리를 내기 시작한다

외로웠다고
가슴이 치밀어 오르도록
지쳤다고
가슴이 녹아내리도록

그녀의 간곡한 하소연에
흠뻑 젖어 귀가 후
발포성 위장약을 들이키며 내려놓기로 한다
보이는 것들을
보이지 않는 것들을

막힘이 없는 소통을 바라며
막힘이 없는 그리움을 바라며

# 홀로였다

간간이 눈발 내리는 늦은 오후
형형색색의 꽃이 놓인 영원의 안식처가 있는
성벽마을*의 정상에 올랐다

그런데 이곳의 구석진 자리는
꽃 한 송이 없이 쓸쓸하다

바로 이곳이 색채 미술의 마법사
그가* 잠든 영원의 안식처
그도 서운했는지 내리는 눈 사이로
붉은빛 장미와 푸른빛 장미를 피워 올린다
죽어서도 그의 가슴에 그려지는 색의 향연!

가슴속 나의 장미를 그에게 놓으며
아쉬움을 뒤로하고 마을로 내려오는 길

형형색색의 눈발이
추억처럼
색의 향연처럼 흩내린다

* 성벽마을 : 남프랑스의 생폴드방스
* 그가 : 샤갈

70

# 나의 오아시스

창가의 붉은 섬
생명이 스러졌던 그곳에
초록의 눈망울이 움튼다

새 생명을 바라보는 건
가슴 가득 젖어오는 행복이다

며칠을 바쁘다고 들여다보지 못했는데
설거지를 하며 들여다보니
무심결에 초록으로 우거져
숲이라도 이룰 기세다

물을 갈아 주며
나의 오아시스라 이름 짓는다

시작노트 / 요리에 쓰고 남은 홍당무 밑동을 물에 담아 주방 창가에
두었더니 무심결에 초록의 숲을 이루었다

# 마지막 꽃


아름다움은
의미의 부여로 시작된다


지금 창가에


풋풋했던 날과는
다른 빛깔의 아름다움이 피어올라


처연한 붉은빛!


슬픔으로 서 있다

# 사랑

사랑하는 연인들이
하나 둘...

떠나가는 밤 깊은
카페에 앉아

다른 언어에는 통역이 필요하듯
그대와 나는 서로 다른 별에서 왔구나!

그대와 내가 떠나온
그 머나먼 거리를 헤아려 보며

따스함이 바래져 간 커피를 마셔본다

# 멍때리기

웬만하면 그냥 놔두기

멍때리는
그때에 자라는 것이다

자기의 뿌리를
더 깊이 내리고

자기의 가지를
더 맘껏 뻗게...

그냥 놔두기!

# 옥잠화

여름의 끝자락을 알리는
밤새 내린 폭우에

신이 난 개울물은
까불까불 흘러내린다

비가 그친 뒤
느긋해진 풀섶은 더 푸르러지고

그 거센 폭우를 견디고
'또르르' 빗방울을 가득 머금은 채
함박웃음 터트린 가녀린 옥잠화

진흙 속에서 연꽃이 피어나듯
거센 폭우에도 스러지지 않은
외유내강의 아름다움을 만나는 아침이다

# 순간

시상은
나비와 같은 것

꽃잎에
앉았는가 싶었는데

순간
날아가 버렸다

시야에서
사라져 버렸다

순간을 사수하지 못한 손이
미련해 졌다

# 장미

무심한 척 걷는다
네 앞을 지날 때는


우연인 척 스치기도 한다
네 곁을 지날 때는


그러나
감각은 온통 너를 향하여


네 볼이
얼마나 붉어지는지


나에게
얼마나 눈길을 주는지
몰래 훔쳐보는데


어쩌다가
네가 살포시 웃어주면
세상은 온통 내 것이 된다

제목 : 장미
시낭송 : 임숙희
스마트폰으로 QR 코드를 스캔하면
시낭송을 감상할 수 있습니다

# 그래도 꽃은 핀다

한바탕 폭우가 퍼붓고 지나간 탄천은
어수선하다

평생을 주인 위해 굴러다니다 퇴짜 맞고
거센 물살의 등쌀에 버둥대다
모래톱에 박혀버린 검정 폐타이어들
뿌리째 뽑혀 천변 가에 모로 누워 버린 나무들
널브러진 잔해들 사이에 끼어 버린 폐비닐들

안쓰러운 마음에 구석구석의 아픔을 살펴보는데
저쪽 낮은 구릉 밑에 물방울 머금은 채
함박웃음 터뜨린 붉은 꽃!
폭우 속에서 모두가 어수선해도
꽃은 그렇게 제 자리에서 피어난다

# 정동진에서


낮 동안의 쾌활함은 어디 가고
정적만이 흐르는 여름 밤바다

마치 정지된 듯
적도 회귀선의 무풍지대를 연상케 한다

그곳은 들어서면 안 되는
금단의 구역

바람도
생명도
기억도
모든 것이 정지되는 곳

어서 탈출해야 한다!
선원들은 필사의 탈출을 감행한다

영화 속 선원처럼
온몸에 힘이 들어간다
주먹까지 꼭 쥐고
여름 밤바다에 흠뻑 빠져들었나 보다

# 4부 / 누구시길래

누가 물을 주며 가꾸고
키운 것도 아닌데

키우시는 이가
누구시길래!

# 목련

돋아나는
아가의 젖니처럼

봄 하늘 가득히
뽀얗게 돋아나는
목련의 꽃봉오리들

저들을 피우느라

목련은
아가의 젖니가 돋을 때처럼
얼마나 몸살을 앓았을까

그녀를 바라보며
나도 내심 그녀처럼

시의 꽃봉오리를 피우는
몸살을 한바탕 앓고 싶다

# 누구시길래

우리 집 강아지는
한나절만 집을 비워도

방마다 벽지를 뜯어 놓고
시위하는데

우리 집 텃밭 고랑의 채송화는
누가 심지도 않았는데도

바람결에 제 스스로 날아와
뿌리내리더니

올 봄 여름의 가뭄에도
굴하지 않고
노랗게 함박웃음을 터뜨렸다

누가 물을 주며 가꾸고
키운 것도 아닌데

키우시는 이가
누구시길래!

# 고향

아침 이슬에 젖은 들꽃이
발끝 가득 채이고
풀 내음 싱그러이 피어오르던 길

가을날
고추잠자리 고요히 비행하고

논물엔 소금쟁이 장단 치며
반기던 길

봄이면 강 건너의 산은
진달래로 물들어
내 맘까지
온통 그리움으로 붉게 물들이고는 했는데

'희끗희끗' 서리 내린 머리로
다시 찾은 고향

낯선 도로 낯선 얼굴들이 주인이 되고
나는 낯선 손님이 되었네

# 친구 만나는 날

볕 좋은 봄날에
친구를 만나러 가면서

내 이야깃거리를
가방에 가득 담다가

반쯤은 꺼내 놓는다

거기에
친구의 이야기를
더 담아 오련다

# 아침 바람

건너편 하늘에
아직 달이 잠들어 있는 이른 아침

탄천의 바람은 '웅웅...'거리며
내 어깨를 흔든다

누군가의 손길이 닿지 않은
아침의 바람은

옷깃을 여미게 하는
무언의 힘을 지녔다

그는 나에게 속삭인다
"비우고 비워서
가벼워지라고"

집으로 돌아오는 길
그는 여전히 등에 업혀 속삭인다

# 더 그리워지는 날에

비 개인 날의 앞산은
한층 더 가까이 다가서고

덩달아 불어난 냇물은
쾌활하게 까불까불 서로 손잡고 흘러간다

상큼해진 대기 속으로
앞산 모롱이를 휘감아 도는
키다리 미루나무도 손에 잡힐 듯하고

그의 어깨춤에 걸터앉은
하얀 뭉게구름도 다정한데

진하게 불어오는 이 푸른 풀 내음은
어디서 오는지

일렁이는 내 마음은
벌써 산모롱이를 돌아
앞산을 넘고 있다

저 산 너머에는 누가 살고 있을까?

# 물의 나라

'활활...'
가슴속으로만 타들어 가던 그가
긴 호흡으로 속내를 토해낸다


멀리 눈 덮인 요테이산*이
한눈에 들어오고


피어오르는 물 아지랑이 사이로
흔들리는 노란 수선화


마음도
몸도
둥실 떠올라


그리움으로 젖어보는
북해도의 새벽


* 요테이산 : 일본 북해도에 있는 잠재적 활화산

# 내 사랑아


'졸랑졸랑' 한참을 걸어가다가
문득 돌아서더니
빤히 나를 올려다본다


"엄마 거기에 있는 거지"
눈 맞춤하며
내 자리를 가늠하는 눈치다


꼭 아기가 한참 젖을 빨다가
빤히 제 엄마의 얼굴을 올려다보듯
제 엄마의 사랑을 헤아려 보듯


"그래, 아가야
엄마는 언제나 네 뒤에서
한걸음 물러서서 너를 지켜본단다"


내 사랑
내 강아지

# 달맞이꽃

그대 무슨 사연이 있기에
이 빗속에 젖어
노란 나래를 살포시 접었는가?

비 내리는 이 가슴도
우산을 내려쓰고 지나다가

안쓰러운 마음에 눈인사하니
영롱한 눈물을 머금은 그대
달맞이꽃!

밤에만 피어난다는 그대를
비 내리는 날의 아침에 마주치다니

인생의 비가 내리는 날에
인생의 밤을 지나는 날에

그대가 누군가를 기다리듯
나도 그대를 그리워하며
동병상련의 긴 시를 쓰련다
'이 또한 지나가리니...'

# 사월

T.s. eliot의 말처럼 사월은 잔인한 달

겨우내 잠들었던 흙들이 몸살 할 때
살포시 얼굴을 내민 제비꽃 한 송이

그 수줍은 보랏빛에도
나는 흔들리는 사랑의 아픔을
눈물처럼 앓고 있었다

추억의 편린들은
세월의 지층에서 화석이 되어
잊힌 줄 알았는데

어느 날
아무런 기별도 없이 다가온 그대
그를 재회하고도 짐짓 무심한 듯하였지만
터질 듯한 심장을 안고 다시 묻는다

과연 사랑은 존재하였던가?
그것은 관계의 지속성이 아닐까?
추억의 편린에 흔들리는 긴 하루다

제목 : 사월
시낭송 : 임숙희
스마트폰으로 QR 코드를 스캔
시낭송을 감상할 수 있습니다

# 붉은 꽃

좋은 계절 다 놔두고
하필 해가 짧은 그 늦겨울에
추억처럼 찾아간 알람브라 궁전*

어느덧 해는
서편 하늘에 아쉽게 걸려 있다
마치 화려했던 마지막 왕조*의 비운을
말해주듯이

비장미 서린 아름다움은
그만큼의 비극적 운명을 타고나는 것일까?

헤네랄리페 정원의 물방울은
타레가의 연주 선율에 아프게 부서져 내리고

석양빛에 물들어 가는
알람브라의 그 붉은 처연함이란!
곁에 선 나도 붉게 물들어
한동안 그 자리를 떠나지 못했다

*알람브라 궁전: 붉은 꽃 혹은 붉은 성이란 뜻
*마지막 왕조: 이슬람권의 나스르 왕조

# 너는 떠나고 장미는 시들었다

핏빛의 그리움처럼
온통 붉게 세상을 물들이는 덩굴장미

그 아래를
네 팔짱을 끼고
네 붉은 체온을 느끼며
오가곤 하였는데

세월의 바람은 피할 수는 없는 것인지
이별은 예고도 없이 찾아오는 것인지

너는 떠나고
만발하였던 장미도 검붉게 시들어 내리고

홀로 남은 이 가슴에
소리 내어 울지 못한
그리움의 퇴적층이 아프게 쌓여 간다

# 탄생

지난겨울을 온몸으로 통과한
누런 억새가
계절도 잊은 채
봄바람에 무심히 흔들린다

며칠을 잊고 있다가
나가보니
기진하여 여기저기 스러져 있는 것이 아닌가

무슨 일인가?
놀라 살펴보니
어느새 그 사이 사이로
초록의 새순들이 제법 길쭉길쭉 올라와 있다

아하, 새 생명을 탄생시키고
어미는 스러져 갔구나!

마치 달팽이 새끼가
제 어미 살을 파먹고 부화하듯이
탄생과 스러짐은 한 몸이었구나

# 밤의 버스에서

산 너머의 이 도시는 여름에도 제법 선선하여
잠시 휴게소에 들러
넉넉한 꽃무늬의 숄을 사서
어깨를 감싸고 버스에 오른다

장거리 여행의 여독에 단잠은 밀려오고
어렴풋한 잠결 속에
버스 안까지 밀려드는 빗소리
그 소리는 점점 차오르고
버스는 어둠이 내리는 시골길을 달린다

차창 너머로
드문드문 밤길을 지키는 가로등이
사람이 그리웠는지 반가이 인사를 건네고

빗속에 부쩍 무성해진 나무들도
낮 동안의 일을
'두런두런' 서로 이야기 나눈다

차창 너머의 세상은 비에 해갈되어 가고
차창 안의 나는 비의 수많은 밀어에 젖어 든다

# 낙엽에 대한 예의

시들어 내리고
탈락되어 내리고

저마다 품은 사연이
소리 없이 내릴 때
거리는 또 하나의 꽃길로 태어난다

속 깊은 그 아름다움에 반하여
조심조심
비켜서 걷는다

그 고운 꽃잎에 대한
예의를 표하며

떨어졌어도

낙엽!
너는 꽃잎이어라

# 쑥

쑥
쑥

올라온다고 쑥이라 했던가

나지막한 언덕배기에서
겨우내 얼었던 땅을 헤치고
제 몸보다 큰 검불들을 헤치고

무슨 힘이 있다고

그 가녀리고 수줍은 얼굴을
'쑥'하고 밀어 올리다니!

그 생명력에
새삼 경의를 표하는 봄날이다

# 영산홍

총칼도 없이
붉은 빛깔 하나로

봄의 거리를
우리의 마음을

온통 점령할 기세로
더 붉게 피어나는

영산홍

너는 화려한 점령군!

# 봄마중 아가

봄 햇살 아래서는
나무에만 꽃이 피는 게 아니다


'재잘재잘...'
여린 말이
보드라운 입에서
연둣빛 새순이 되어 피어오르고


'까르르...'
해맑은 웃음소리
귀여운 입에서
노랑나비가 되어 '나폴' 날아오른다


'깡충깡충...'
봄마중 아가는
피어나는 봄꽃이다

# 소나기

앞마당의 텃밭에
오이며 토마토며 참외가 한창 익어가고
간간이 매미소리 드높아가는 여름의 한낮

온 사위가 어둑해 오더니
급기야 내리꽂히는 소나기의 행렬
'후드둑후드둑...'

마당은 매캐한 흙냄새를 피워 올리며
총탄이 내리꽂히듯
'숭숭' 구멍이 뚫리더니
이내 작은 개울물을 이룬다

어느새 세상과 나는 아득해지고
그 경계가 허물어져 내린다

세상은 태초의 동굴이 되고 나는 그곳에 숨어들어
눈앞 가득한 소나기에 집중한다
집중하여 내리는 그의 힘!

거기에서 여름의 생명이 피어나듯
나의 시도 그렇게 피어나길 꿈꾼다

# 위험한 외출

다수가 환호한다고
과연 나에게도 답일까?
그 정서가 나에게도
공감되는지 한번은 찬찬히 살펴봐야 했다

그곳에서는
형형색색 자신의 모습을 가린
추상의 부호들이 한창 숨바꼭질 중이다

무심코 들여다보니
그들이 '씩'하고 웃는다
왠지 서늘하다

# 5부 / 나목(裸木)의 시간

높이 손을 뻗어
지난 삶의 여정을 수묵화로 치는
자기 성찰의 시간...

# 나목의 시간

단풍으로 물들던 화려한 시절을
낮아지는 태양의 고도에 따라
'뚝뚝' 떨구고

쓸쓸한 늦가을의 바람에
제 속내를 드러내는 나목

드높아가는 쪽빛 하늘을 배경 삼아
높이 손을 뻗어
지난 삶의 여정을 수묵화로 치는
자기 성찰의 시간...

가슴이 시려와
눈물 어리게
더 아름다워지는 시간이어라!

제목 : 나목의 시간
시낭송 : 임숙희
스마트폰으로 QR 코드를 스캔하면
시낭송을 감상할 수 있습니다

# 토끼풀 꽃

'또르르…'
맺힌 빗방울 사이로
얼굴을 내민 한 송이의 꽃

그 얼굴을 제대로 보고파
줌을 당겨보니

더 작디작은 꽃들이
원을 따라 동그랗게 빼곡히 들어차 있다

꽃 한 송이가 되려면
저리 많은 작은 꽃들이
저리 많은 작은 추억들이 필요한가 보다

# 골목길

획일화된 삶에 익숙한 탓인지
이제 골목길은 잊혀진 존재

마치 아파트 문화가
역사시대와 선사시대를 가르는 것처럼

골목길은 기억의 퇴적층에
묻혀버린 선사시대

볕 좋은 가을날, 그 선사시대를 탐방하듯
나뭇가지처럼
브레인스토밍처럼
펼쳐지는 골목길을 따라 걷는다

작은 교회를 만나고
예쁜 커피집을 만나고
빛바랜 사진관을 만나고
걷는 재미가 제법 쏠쏠하다

골목길의 끝자락에 이르니
그 언저리 산위에

한줄기 청량한 늦가을 볕이
그리움처럼 걸터앉아 있고

문득 시가 그리워진다
그 저린 그리움이 여울져 온다

# 완벽한 봄

지난해 지인이 농사 지었다며 보내준
귀한 자색 땅콩

한 줌씩 겨우내 꺼내 먹다 보니

이제는
올봄 텃밭에 심어 볼
씨 땅콩 정도가 남았다

아껴먹을 요량으로
하나 집어, 반으로 쪼개니

그 속에서
또렷이 움트고 있는
연둣빛의 떡잎 하나!

올봄 텃밭에서 튼실히 뿌리내리려
겨우내
너는 완벽한 봄을 준비하고 있었구나

# 눈 내리는 밤

오겠노라는 기별도 없이
이 깊은 밤
당신은 소리 없이 오시는군요

무슨 말 못 할 그리움이
그리 많길래
이 까만 밤을
온통 하얗게 가득 채우는지요?

당신을 향한 기다림으로
늘 당신 곁에
서성이던 이 마음도

하얗게
흩날리는 눈발에
당신이 더 그리워지는 밤입니다

# 어느 여름날

바람도 낮잠을 자는 한여름의 뙤약볕 아래
어쩜 텃밭의 풀들은 이리도 무성한지

가만 들여다보니
미나리 옆에 그것을 닮은 풀이
부추 옆에 그것을 닮은 풀이
돼지감자 옆에 그것을 닮은 풀이
살짝 숨어들어 주인 행세하려 한다

마치 세상에서 가짜들이
더 진짜인 것처럼 행세하듯

"그냥 둘 순 없지! 니들 오늘 딱 걸렸어"
호미 자루를 움켜쥐고
풀뿌리를 사정없이 내려친다

그러나 이놈들의 저항도 만만치 않다
땀은 뚝뚝 떨어지고

호미걸이 한판승이다!
나는 과연 이길 수 있을 것인가?
다시 한번 호미 자루를 움켜쥔다

# 꽃씨

엊그제만 해도
웃음꽃 터트리며
'소근소근' 속삭이던 분꽃 아가씨

눈인사를 하니
하룻밤 새 조용히 입을 다물었다

입 다문 진분홍의 꽃들 사이로
벌써 까맣게 영근 꽃씨 하나

분꽃씨 알알이 영글어 가는 이 가을에
조용히 머물며

가슴속에 쟁여둔 시 꽃들 중 하나쯤은
제대로 꽃씨를 맺고 싶어진다

# 길

'길은 그 언저리쯤에서 끝나겠거니'
지레짐작하고
더 나서지 않았는데

잠시 세상의 분주함을 내려놓고
길로 나서니
길은 끝난 게 아니라 이어져 있고
끝없이 다른 세상으로 열려 있다

더 큰 세상으로
더 넓은 자연의 품으로
하늘이 드넓게 열리고
풋풋한 풀 내음이 가슴 가득 스민다

한 걸음을 옮겼을 뿐인데
전혀 다른 세상이 열리다니!

그러나 그 길에서는
세상의 집을 짓지 않으리

# 아가야

내 무릎에 가만히 기대더니
슬며시 잠이 든다

나는 제 집의 울타리 길이를
재느라 골몰한데

고물고물 어린 것이
그래도 내가 제 어미라고
어미의 품이 그리웠나 보다

새근대는 숨소리와 살포시 느껴지는 무게에서
따뜻함이 흘러나온다

정작 위안을 받은 건 나다

아가야
네 품에서 엄마도 행복하단다

시작노트 / 포메라니안 아기 강아지를 키우며

# 진눈깨비 내리는 날

그녀의 음색은 독특하다.
마치 고음의 독일어를 말하듯
그러나 음조가 맞지 않는 그런 분위기

그녀가 말한다
현대시는 다면체가 되어야 하며
난해한 분위기로 나가야 심사위원들의 눈길을 잡아
둘 수 있다고

평면을 거부한 다면체가
난해하다기보다는

다각도의 의미로
해석되어지기를 바라며

밖으로 나오니
어둠이 내린 거리는 온통 진눈깨비로 요란하다

"난해해야 해요"란 그녀의 말처럼
눈도 비도 아닌
난해한 것들이 거리를 점령한 것이다

# 비밀의 화원

늘 오가던 길인데
오늘에서야 눈에 들어오는 화원

담장이 높아서일까?
뒤뜰에 자리해서일까?
뒤꿈치 들고 가만히 들여다본다

스산한 늦가을의 바람에
붉은 치장들이 하나 둘… 날리다가는
떨어져 내린다

한때는 화려하게 빛났을 그녀들이
가는 세월 앞에서
무장해제 중인가 보다

높은 담장 아래서
구중궁궐의 암투처럼
비밀을 품은 그녀들이 그렇게 흔들리고 있다

# 강아지풀

지난여름
아기 단풍나무 아래에

고물고물 어린 것을
땅에 묻고
가슴에 묻고

떨어지지 않는 먹먹한 걸음으로
얼마나 서성였던가

이제 바람이 제법 선선해진 가을날에
다시 찾아가니

내 강아지 옆자리에서

담뿍 자란 강아지풀이
바람결에 꼬리를 흔들며 반겨주네

# 제비꽃

낮은 자리에서 살포시 피어나

여린 봄바람에도
수줍게 흔들리는 연보랏빛의 너

더 가까이 다가가고픈
애틋한 마음을 부르는 너이기에

너에게
무릎을 꿇는다

온통 세상을 하얗게 점령한
벚꽃의 위세 앞에서도 꿇지 않았던

그 무릎을!

# 세월

얄궂은 내 님과 마주 앉아
매콤한 함흥냉면과 슴슴한 평양냉면을
시켜 놓고

매콤함과 슴슴함을
한 젓가락 두 젓가락...
주거니 받거니 하며 나눠 먹는다

아집의 세월과 배려의 그것을
나누듯이

설마 네 잘못만 있고
내 그것은 없었겠는가?

그렇게
녹록지 않았던 세월을 회상하며

소통의 미덕을 맛보는
이심전심의 시간이다

# 머리카락을 자르다

'사각사각'
미용사의 익숙한 손놀림에
경쾌한 가위질 소리가 좋다

미용실 바닥에 '나붓나붓'
떨어져 내리는 머리카락들
떨어져 내리는 지난 시간들
좋은 기억이건
씁쓸한 기억이건
이제는 결별의 시간

한 줌의 머리카락을 잘랐을 뿐인데
몸도 마음도 가뿐하다
마치 새로 태어나는 기분이다

# 갈증

간신히 사람 하나하나가
빠져나갈 그런 골목길

앞서가는 사람을 놓치면
미아가 될 것 같은 이곳은

북아프리카 내륙 깊숙이 들어온
육지 위의 섬

도시*의 입구인
파란색 블루 게이트를 통과하면
천년의 세월이
곰삭은 거미줄 같은 골목길이 펼쳐지고
그 사이마다
그림자처럼 스며들듯 사는 사람들

이 비좁은 골목길을 빠져나가는데
뭔가 닮았다

도시 입구의 블루 게이트처럼

골목길에서 만나는 파란 칠한 대문

그 대문 귀퉁이에서 꾸벅꾸벅 졸고 있는 고양이


맞다

이들은 내심

파란 물결 넘실대는 바다로 가고 싶은 거야


바다를 향한 목마름!


이 갈증을 날려줄 시원한 해풍과

거칠 것 없이 탁 트인 수평선...

거기서 파란 바다가 되고픈 거야


아! 바다로 가고 싶다

* 모로코의 페즈

119

# 겨울 바다

'희끗희끗'
세월이 흩내린 머릿결을 쓸어 넘기며
그대의 손을 잡고 다시 찾은
철 지난 바다

진하게 커피향이 내린 카페에 들러
세월의 향도 함께 마셔 본다

사파이어 빛보다 짙푸른 바다는
눈보다 더 하얀 포말을 일으키며 포효하다 뒤척이고...

간밤에 내린 눈에
바다를 끼고도는 헌화로의 산허리도
'희끗희끗' 한데
그 가파른 곳에서 붉게 피어나는
한 송이의 꽃

쓸쓸한 저 겨울 바다에도
파도가 잦아드는 그대와 나의 가슴에도
더 붉게 피어나리!

# 안개비

거대한 폭포*에서 날아드는
에메랄드빛 미네랄워터의 안개비가
기분 좋게 하루 종일 내리는 마을

아침의 그 마을에서는
더 선명한 천상의 무지개가 걸린다

우리는 파랑새를 잡으려는 아이들처럼
그를 잡으려 달려보지만

그는 어느 사이 저만치 물러나
시치미 뚝 떼고 웃으며 있다

우리도 "깔깔" 웃으며
아이들처럼 또 달려보고

몸은 안개비에 젖고
마음은 비의 추억에 젖는다

* 나이아가라 폭포

# 폭설

지중해로 가던 우리는
터키 쪽 '타우루스산'에서 뜻밖의 폭설을 만났다


주먹만한 눈발이 휘몰아 내리더니
일순 사방은 어둑해지고
우리는 산중에서 발이 묶여 버렸다


산중고립이란 초유의 사태!
티브이에서나 보았던 자연재해를
이국땅에서 만나다니


망연자실한 마음에
버스에서 내리니 허벅지까지 눈에 '푹푹' 빠진다
얼마나 후 눈은 멎고


먼 곳에서 '뚝뚝...' 나뭇가지 부러지는 소리가
간간이 들려오고
달빛만이 더없이 휘영청 밝다

눈빛에 반사되어 더 밝아진 달빛은
우리가 반가운지 말을 건넨다
"북쪽의 초원에서 내달아 온
오스만의 거센 알발굽은 이 산을 가뿐히 넘어
콘스탄티노플을 함락시켰고
망국의 한을 품은 비잔틴 유민은
너희들처럼 이 산을 넘어 지중해로 향하였다고..."

시간이 얼마나 흘렀을까?
하늘 저쪽에서 뿌옇게 동이 터온다
이제 우리는 이 폭설을 추스르고
따뜻한 지중해로 가야 한다

# 파묵칼레

동터오는 새벽의 여명 속에
서서히 다가오는 그 모습

감추어졌던 신비가 베일을 벗듯이
새벽빛에 반사되는 에메랄드 빛 모습이
장관을 이룬다

천상으로 이어지는 계단처럼
나그네를 맞이하는 파묵칼레*

그 계단에 오르니
계단 계단마다
따스한 온천물이 남실댄다

한겨울인데도 수증기가
아지랑이처럼 모락모락 피어오른다

예전에는 이집트의 여왕*이 이 물에
발을 담갔다는데
오늘은 한국에서 온 내가 발을 담근다
여독에 지친 내 발이 여왕처럼 호강을 한다

* 파묵칼레 : 터키에 있는 석회암지대의 온천
* 여왕 : 클레오파트라

# 천지창조

거대한 먹장 구름떼가 몰려온다
이내 사방이 어둑해지더니
'번쩍'하며 예리하게 광선이 그어진다
이어서 울리는 하늘의 큰 부르짖음

걷잡을 수 없는 빗줄기가
소용돌이치듯 내리고
세상은 빗속에 잠기기 시작한다

차차 물기둥이 솟아올라와
사방을 둘러치며
노아의 방주가 떠오르고

나는 바닷속을 유영하며
새로운 천지창조의 현장을
목격하는 증인이 된다

# 응원의 글

인생 3모작을 향해 달려가면서
'더 그리워지다' 출간의 노력에 경의를 표합니다
시를 통해 우리의 일상이 얼마나 아름다운지를 알게
하여 주신 그 분의 섭리하심에 감사드립니다

*– 하나 –*


세계 구석구석을 여행한 시인님의 기행시를 읽으면서
여행의 추억에 다시 설렘을 느껴봅니다
이 시집은 제게 잠시나마 각박한 현실을 벗어나게 해
준 선물 같은 책입니다

*– 둘 –*

'그 집은 오늘도

긴 그리움을 안고

긴 기다림을 안고 서 있네/ 그 집'

급변하는 사회 속에서 변하지 않는 가치에 대한

시인님의 시각이 돋보이는 시집입니다

첫 출판을 축하드립니다

*– 셋 –*


메말라 가는 일상에서 '더 그리워지다'를 통해 새로운

꽃이 양분을 얻고 피어나는 느낌입니다

이 시들을 읽고 우리의 감수성도 풍년이 되기를 기

도합니다

*– 넷 –*

# 더 그리워지다

하은혜 시집

2022년 8월 30일 초판 1쇄
2022년 9월 1일 발행
지 은 이 : 하은혜
펴 낸 이 : 김락호
디자인 편집 : 이은희
기 획 : 시사랑음악사랑
연 락 처 : 1899-1341
홈페이지 주소 : www.poemmusic.net
E-Mail : poemarts@hanmail.net

정가 : 10,000원
ISBN : 979-11-6284-387-1